FEUILLES AU VENT

POÉSIES

PAR

YOVANNE BOIVIN

PARIS

IMPRIMERIE BÉNARD ET COMPAGNIE

PASSAGE DU CAIRE, 2.

—

1857

FEUILLES AU VENT

POÉSIES

FEUILLES AU VENT

POÉSIES

PAR

YOVANNE BOIVIN

PARIS

IMPRIMERIE BÉNARD ET COMPAGNIE

PASSAGE DU CAIRE, 2.

1857

A Toi.

Le vieux Dante a chanté Béatrix, et de Laure

Pétrarque a dit le nom à la postérité;

L'harmonieux Parny de son Éléonore

    Immortalisa la beauté. . .

Ah ! que ne puis-je aussi, sur ton front que j'adore,

    Faire luire un rayon de la célébrité

Et payer ton amour par l'immortalité !

YOVANNE BOIVIN.

Janvier 1857.

AIME-MOI !

A Mademoiselle Aglaé P....

Hélas ! depuis longtemps ma lyre était muette :
Brisé par la douleur je ne pouvais chanter ;
Mais aujourd'hui tu veux, trop aimable coquette,
Que je chante, et cet ordre, il faut bien l'écouter !
Ah ! pour prix de mes chants, daigneras-tu, cher ange,
Abaisser sur les miens ton regard enchanteur ?
Consens, belle Aglaé, consens à cet échange,
Et la joie et l'espoir descendront dans mon cœur !

Pour ton amour, enfant, je donnerais ma vie :
Oh ! je t'aime, vois-tu, comme on n'aima jamais !
Veux-tu m'aimer aussi, ma bouche t'y convie ?
Pour toi seule, Aglaé, je vivrai désormais !
Aime-moi : ton amour me donnera la force,
Et je pourrai dès-lors affronter le malheur...
Oh ! si tu t'attachais, fleur, à ma rude écorce,
La joie, avec l'espoir, renaîtrait dans mon cœur !

Pauvre enfant, il est vrai : je ne suis guère aimable,
Oui, mon front, bien souvent, est triste et soucieux ;
Mais de mon cœur brûlant la tendresse est durable,
Et c'est l'amour, enfant, qui nous fait croire aux cieux !
Si tu veux que bien loin s'envole ma souffrance,
Si tu veux m'apporter un rayon de bonheur,
Aime-moi bien, amie, et la douce espérance,
Apportera la joie et l'extase en mon cœur !

Jeune fille, aime-moi ! car la douleur amère
Enveloppe mon âme et la couvre de deuil :
La femme qui m'aimait, ma bonne et sainte mère,
Depuis six mois déjà dort dans un froid cercueil !
Enfant, que ton amour dissipe ma tristesse !
Aglaé, sois pour moi comme un ange sauveur !
Oh ! dis-moi que tu m'aimes, oui, dis-le moi sans cesse,
Et la joie et l'espoir renaîtront dans mon cœur !

Septembre 1853.

A ROSETTA.

Vous demandez des chansons et des vers,
Car à chanter votre bouche s'amuse,
Et moi, poëte aux modestes concerts,
A votre voix je sens grandir ma muse!
Ah! si mon luth chanta la liberté,
L'azur du ciel, l'étoile qui scintille,
Je dois aussi chanter votre beauté... —
Puissent mes chants vous plaire, ô jeune fille!

Et qui pourrait vous voir, ô Rosetta,
Sans admirer le feu de vos prunelles?
Dans votre œil noir Dieu sans doute jeta
Du feu céleste une ou deux étincelles...
Que mes chansons—accords mélodieux
En chœur redits sous la verte charmille—
Volent au loin, célébrant vos beaux yeux...
Ils sont si doux vos yeux, ô jeune fille!

Ange égaré dans nos sentiers humains,
A votre aspect la tristesse s'envole;
Pour nous guider vous nous tendez les mains,
Et votre voix nous charme et nous console.
En vous voyant chacun devient joyeux;
Quand votre voix amoureuse babille,
Moi qui souvent suis triste et soucieux;
Eh! bien, alors, je suis gai, jeune fille!

Et quand un jour aux sinistres beffrois
Du cuivre ardent des célestes phalanges,
Disparaîtront terre, peuples et rois,
Au bruit plaintif de cent clameurs étranges,
Ah! puisse alors, du ciel au fond des eaux,
Dernier reflêt de la beauté qui brille,
Vos doux attraits planer sur ce cahos,
Car vos attraits sont divins, jeune fille!

17 Octobre 1852.

POUR LE JOUR DE SA FÊTE.

Enfant, pour le jour de la fête,
Je vais faire quelques couplets...
Pourtant une crainte m'arrête :
C'est d'être en butte à tes sifflets !
Je sais bien que ton âme est bonne,
Mais ton sourire est si moqueur,
Que j'ose à peine, ma mignonne,
T'offrir ce simple chant du cœur !

Je ne possède que ma lyre ;
C'est mon seul bien, mon seul trésor !
Qu'elle vibre ! ton nom m'inspire !
Que mes chants prennent leur essor !
Qu'ils volent, brise parfumée,
Échos tout remplis de douleur,
Près de la Vierge bien-aimée
Qui, seule, a subjugué mon cœur !

Beaucoup, dit-on, pour leurs Maîtresses
Prodiguent l'or, à pareil jour ;
Mais **moi** qui n'ai pas de richesses,
Enfant, je t'offre un chant d'amour !
Ne dédaigne pas mon offrande
Quel que soit son peu de valeur,
De l'or la puissance est bien grande,
Mais l'or vaut-il un don du cœur ?

Qu'en ton chemin, ô jeune fille,
Un Dieu clément sème des fleurs !
Puisse ton œil — feu qui pétille,
Ne jamais répandre de pleurs !
A moi les ennuis, la souffrance !
A toi la joie et le bonheur !
Et puisse toujours l'Espérance
Bercer les rêves de ton cœur !

3 Novembre 1853.

 mon  nge.

Un mois bien long s'est écoulé, mon ange,
Sans que ta vue ait réjoui mes yeux :
Aurais-tu donc, secouant notre fange,
Esprit divin, remonté vers les Cieux ?
Ou bien, riant du trouble qui m'agite,
Aimerais-tu faire couler mes pleurs ?
Auprès de moi, doux Ange, reviens vite,
A tes genoux j'oublirai mes douleurs !

Depuis un mois — incessantes alarmes ! —
Je dis : hélas ! m'aurait-elle oublié ?
Toi seule, enfant, peux essuyer mes larmes :
Auprès de moi, reviens, mon Aglaé !
Que sur ton sein mon cœur batte et palpite !
Que ton regard dissipe mes terreurs !...
Auprès de moi, doux ange, reviens vite,
A tes genoux j'oublirai mes douleurs !

Ne sais-tu pas que toi seule est ma joie ?
Que loin de toi, mon front est soucieux ?
Oui, pour sourire, il faut que je te voie :
Je t'aime tant, ange si gracieux !
Car jusqu'ici toi seule, ô ma petite,
Sur mon chemin a jeté quelques fleurs ..
Auprès de moi, doux ange, reviens vite,
A tes genoux j'oublirai mes douleurs !

Janvier 1853.

LES FLEURS DU PAUVRE.

A mes amis ACHILLE GUILLAUMET *et* CLAUDIUS CHARBONNEAU.

Que je vous aime, ô fleurs de ma fenêtre,
Gentilles fleurs aux reflets gracieux !
Fleurs que ma main au soleil a fait naître,
Auprès de vous mon cœur se sent moins vieux.
Par vous la vie, en mes jours de misère,
Coule parfois, plus douce et plus légère. . .
Oui, j'aime à voir, ô mes gentilles fleurs,
Soir et matin vos brillantes couleurs !

Quand les flots d'ombre et les vapeurs voilées,
Sous le frisson qui s'en vient les glacer,
Tombent, le soir, des voûtes étoilées,
Oui j'aime à voir vos têtes s'abaisser. . .
Ainsi de moi ! Car de sueur baignée
Ma tête plie après chaque journée. . .
Oui, j'aime à voir, ô mes gentilles fleurs,
Votre air de deuil et vos pâles couleurs !

Puis cette larme, où mon œil se reflète,
Larme riante à l'éclat argentin,
Que l'aube en pleurs, comme une perle, jette,
Petites fleurs, dans votre doux satin,
N'est-elle pas le pur éclair de joie
Qu'en sa bonté Dieu, par instants m'envoie ?
Oui, j'aime à voir, ô mes gentilles fleurs,
Chaque matin vos humides couleurs !

Gentilles fleurs, oh ! combien je vous aime !
Vous avez tout : parfum, fraîcheur, éclat. . .
Fleurs que le ciel sur notre terre sème,
Pour réjouir ceux que le sort abat,
Penchez sur moi vos corolles trop pleines,
Et répandez vos plus fraîches haleines,
Car bien souvent, ô mes petites fleurs,
Vos doux parfums ont calmé mes douleurs !

Juin 1855.

POURQUOI MON FRONT TE SEMBLE AUSTÈRE.

A Mademoiselle Aglaé P....

Tu veux savoir, ô douce bien-aimée,
Pourquoi mon front est triste et soucieux ?
Pourquoi toujours ma pauvre âme alarmée,
Oiseau craintif, veut remonter aux cieux ?
Ma vie, enfant, est un sombre mystère
Qui se résume en un seul mot : DOULEUR !
Voilà pourquoi mon front te semble austère,
Car la souffrance y posa sa pâleur !

A l'âge heureux où la sainte espérance
Vient nous bercer des rêves les plus doux,
Roseau pliant au vent de la souffrance,
Déjà du sort je ressentais les coups...
Cœur incompris, dégoûté de la terre,
Je m'envolais vers un monde meilleur...
Voilà pourquoi mon front te semble austère,
Car la souffrance y posa sa pâleur !

Un jour, enfin, victime de la haîne,
Qui vraiment, a voulu le flétrir,
Bien vieux déjà, sur la plage africaine,
Pauvre exilé, mon père alla mourir...
Depuis ce temps, morose, solitaire
Je me débats, seul, contre le malheur...
Voilà pourquoi mon front te semble austère,
Car la souffrance y posa sa pâleur.

Janvier 1854.

A ROSETTA.

Que t'ai-je fait, dis-moi, Rose, pour te déplaire ?
Je n'ai jamais lancé l'anathême à ton front,
Pourquoi me jettes-tu, dans ta sombre colère,
Ma triste pauvreté comme un sanglant affront ?

Je suis pauvre, il est vrai ; mais sache, ô jeune fille,
Que cette pauvreté vaut mieux que ton bonheur !
Isolé dans Paris, sans appui, sans famille,
Bien souvent j'ai manqué d'argent, — jamais d'honneur !

Hélas ! pour supporter patiemment ma détresse,
Je n'ai, tu le sais bien, que l'amour de ta sœur ;
Rose, pourquoi veux-tu me ravir sa tendresse ?
Trouves-tu du plaisir à me percer le cœur ?

Cesse donc, pauvre enfant, de me jeter l'insulte,
Ne ris plus désormais de l'humble pauvreté !
Aime l'or, si tu veux, mais laisse-moi mon culte,
Car si je vis de peu, je vis en liberté !

En peux-tu dire autant, réponds, ô femme esclave ?
Affirmes-tu que l'or chasse tous les ennuis ?
Tn n'oserais : l'amour de l'or, ardente lave,
A troublé trop souvent le repos de tes nuits !

Ne crois pas cependant, méchante jeune femme,
Que je ris de ton mal et nargue tes douleurs,
Oh ! non, car la pitié habite dans mon âme :
Pour plaindre un cœur souffrant, je trouve encor des pleurs !

7 Novembre 1856.

A ELLE.

Samedi, 14 Mars 1857, 11 heures du soir.

Déception ! La pluie inonde la campagne,
    Et les Cieux sont voilés !
Hélas ! ma pauvre enfant, tes châteaux en Espagne
    Se sont vite écroulés !

Car déjà tu pensais, le cœur rempli de joie,
    Te promener demain,
Toute fière d'avoir une robe de soie
    Que froisserait ta main...

Déjà tu te voyais, triomphante, parée
    D'un chapeau des plus frais...
Déjà tu te voyais par la foule entourée...
    D'encens tu t'enivrais...

Mais voilà qu'il te faut, ô ma folle coquette,
    — Hélas ! trois fois hélas ! —
Resserrer tristement les rubans, la toilette,
    Et le chapeau lilas !!!

Déception ! la pluie inonde la campagne,
    Et les Cieux sont voilés !
Hélas ! ma pauvre enfant, tes châteaux en Espagne
    Se sont vite écroulés !

Dimanche, 14 Juin 1857, 6 heures du matin.

Ma douce bien-aimée, il fait un temps superbe,
Un temps qui nous invite à nous rouler dans l'herbe...
Tous les petits oiseaux gazouillent leurs chansons ;
Un beau soleil de juin nous verse sa lumière,
La pervenche fleurit au bord de la rivière,
        La fraise rougit les buissons...

———

Les joyeux jeunes gens, les folles jeunes filles
Dans les prés, dans les champs, à l'ombre des charmilles,
Au milieu des grands bois vont courir tout un jour,
Délaissant leur comptoir pour la simple nature,
Les épiciers s'en vont manger une friture
        Dans un plus champêtre séjour...

———

Eh ! bien, partons comme eux, ô ma belle maîtresse,
Allons chercher aux champs tout un jour d'allégresse !
Secouons notre fange, abandonnons Paris...
Là-bas, à la campagne, oh ! la vie est si douce !..
Je veux, comme un enfant, me rouler dans la mousse,
        A l'ombre des rameaux fleuris...

———

Au diable les soucis, les ennuis de l'année !
Car je veux être heureux encore une journée !
Je m'en vais dépenser jusqu'à mon dernier sou !
Allons du vin ! allons du ragoût aux carottes !
Et du lapin surtout : j'aime les gibelottes,
    Et j'en veux manger tout mon saoûl !

Après notre repas, si tu veux, ma bergère,
Nous irons un instant danser sur la fougère,
Aux grotesques accords d'un rustique hautbois.
Et puis, pour couronner ces plaisirs de village,
Tu pourras, pour deux sous, monter un atelage
    De quatre ou cinq chevaux de bois...

Ma douce bien-aimée, il fait un temps superbe,
Un temps qui nous invite à nous rouler dans l'herbe...
Tous les petits oiseaux gazouillent leurs chansons ;
Un beau soleil de juin nous verse sa lumière ;
La pervenche fleurit au bord de la rivière,
    La fraise rougit les buissons.

YOVANNE BOINVILLER